Mi pequeño

Ariel Almada ✳ Sonja Wimmer

Beascoa

A todos los hijos de este mundo

Sonja Wimmer

Mi pequeño

Ariel Almada * Sonja Wimmer

Algún día, cuando los truenos de la noche
ya no te asusten,
cuando mires hacia las montañas
y te imagines escalando sus blancas cumbres...

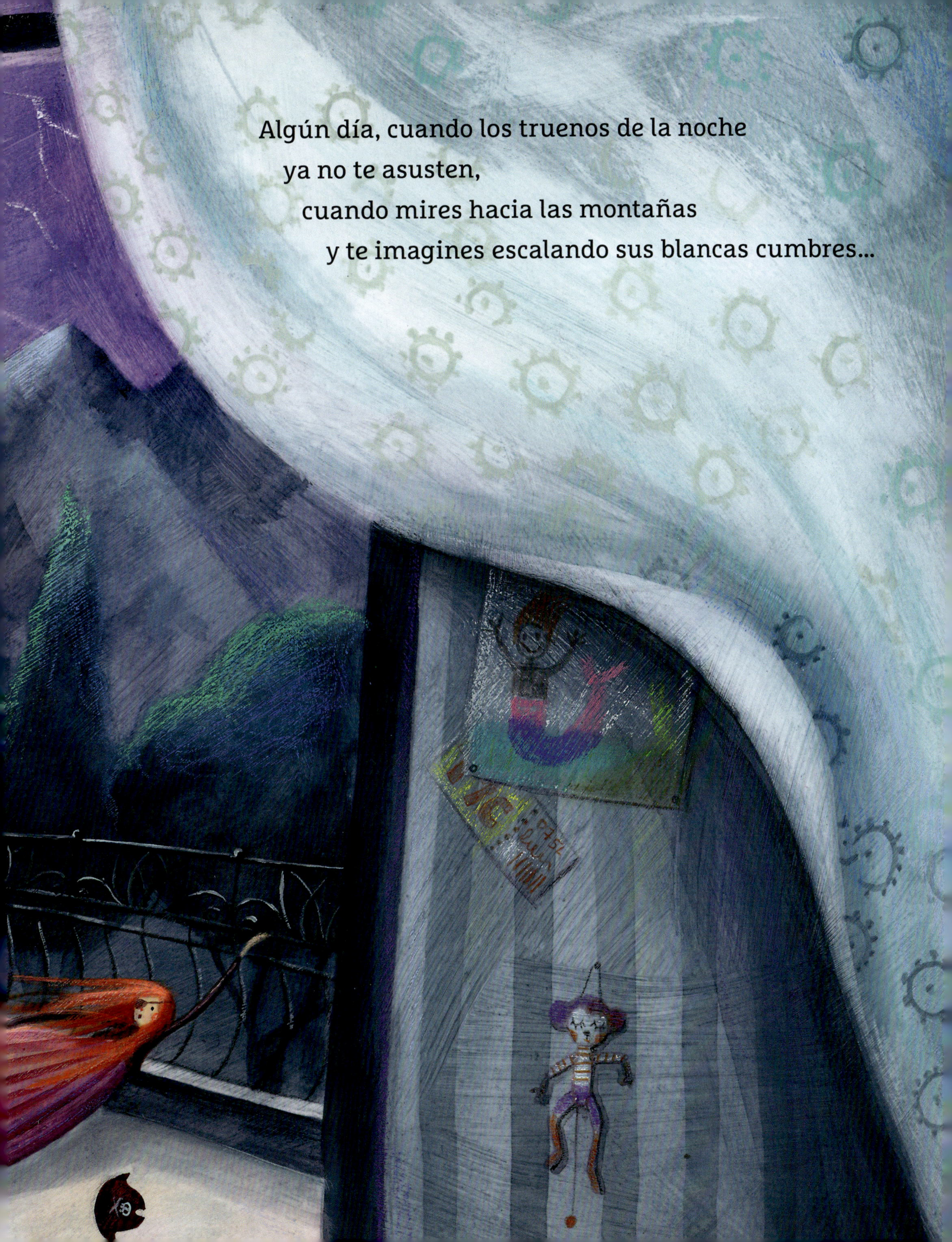

Algún día, cuando las distancias
te parezcan más cortas,
cuando puedas distinguir
cómo huelen los jazmines
y cómo lo hacen las rosas...

Algún día, cuando te descubras más alto
y puedas por ti mismo
abrocharte los zapatos...

Ese día quizá prepares tu mochila,
pongas dentro galletas hechas
de sueños y vainilla,
y te lances a explorar
todo lo que para ti tiene la vida.

10

Te esperan caminos
llenos de historias,
rincones donde descubrirás
figuras curiosas en cada roca.

Ríos y lagos que ensordecen con su ruido,

y que podrás cruzar mucho más fácilmente si trabajas en equipo.

Cuevas antiguas llenas de misterios,
donde las personas han dibujado sus aventuras
desde el principio de los tiempos.

Castillos llenos de puentes y mazmorras,
(¡quizá te encuentres dentro
algún fantasma tomando sopa!).

Pirámides entre cuyas piedras
no entra ni el papel más fino.
Cuando las veas también
te preguntarás:
«¿Cómo las habrán construido?».

Librerías para refugiarte cuando falte el sol,
porque para viajar con los libros...
¡solo necesitas imaginación!

Cascadas que crean
arcoíris de colores.
Si los cuentas,
verás que son siete...
¡a ver si te sabes los nombres!

Valles donde, hace muchos años,
quedaron ocultos los recuerdos
de nuestro pasado.

Cielos que ahora te parecen infinitos,
pero adonde algún día llegaremos...
¡y aprenderemos muchas cosas
porque allí todo será distinto!

Pero recuerda, hijo,
que si algún día tienes los pies cansados,

si la mochila te pesa
o si echas de menos el calor de mis manos…

... yo siempre seré tu refugio,
y en nuestro hogar encontrarás
caldo caliente
(y algún que otro chocolate,
¡eso seguro!).

Pues, aunque a veces
todo se vuelve gris
y parece que llueve
en nuestro corazón...

... mañana será un día nuevo,
y, muy alto en el cielo,
volverá a brillar la luz del sol.

Entonces haremos
otra vez las mochilas,
pondremos dentro agua
fresca y trozos de sandía,
y saldremos a explorar juntos
todo lo que para nosotros
tiene la vida.

Papel certificado por el Forest Stewardship Council®

MIXTO
Papel | Apoyando la silvicultura responsable
FSC® C117695

Penguin Random House Grupo Editorial

Primera edición: octubre de 2025

Travessera de Gràcia, 47-49. 08021 Barcelona

Printed in Spain – Impreso en España

ISBN: 978-84-488-7017-1
Depósito legal: B-10.065-2025

Realización editorial: Vanessa Cabrera
Impreso en Índice, S.L.
(Barcelona)

BE70171